Kulturhistorische Betrachtungen
des Klabautermanns

Kulturhistorische Betrachtungen des Klabautermanns

Zehntes Bändchen

Das Verlassen des Schiffes durch den Klabautermann
sowie die Erzählsagen der Gruppe
„Der Klabautermann verlässt das Schiff"
mit dem Nachwort zur Reihe
„Kulturhistorische Betrachtungen des Klabautermanns"

© Harmel, Siegfried:
Das Verlassen des Schiffes durch den Klabautermann
sowie die Erzählsagen der Gruppe
„Der Klabautermann verlässt das Schiff"
mit dem Nachwort zur Reihe
„Kulturhistorische Betrachtungen des Klabautermanns"
In: Kulturhistorische Betrachtungen des Klabautermanns.
Zehntes Bändchen.
Einband von Cornelia Harmel.
Das „Logo des KCfD" befindet sich im Besitz des Autors.
Satz, Umschlaggestaltung, Herstellung und Verlag: Books on Demand.
Norderstedt 2015. 64 Seiten.

ISBN 978-3-7386-6755-4

Inhalt

1. Das Verlassen des Schiffes durch
   den Klabautermann 7

2. Der Klabautermann verlässt das Schiff........... 35
   Der Klabautermann verlässt das Schiff............. 35
   Der Klabautermann warnt...................... 37
   Der Klabautermann wird vergrellt............... 38
   Der Klabautermann springt
   kopfüber von Bord........................ 38

3. Literaturverzeichnis 39

**Nachwort zur Reihe Kulturhistorische
Betrachtungen des Klabautermanns**.............. 41
Dank...................................... 41
Aktuelle Positionen zur Reihe 42
Präsentationstexte der zehn Bändchen 43
Wie geht es weiter?........................ 56

Über den Autor 57

1. Das Verlassen des Schiffes durch den Klabautermann

Hört das Klopfen und Poltern an Bord auf und tritt absolute Stille ein, heißt es: Um das Schiff steht es schlecht, denn der Klabautermann hat es verlassen und zeigt dadurch kommendes Ungemach gar den Untergang an. Und wenn der Schiffsgeist geht, dann stehen die Dinge nicht gut. Meist ereignet sich dergleichen binnen kurzem tatsächlich.

Hobelt der Klabautermann Bretter, weist das auf sein baldiges Verschwinden hin. Denn diese spezielle Zimmermannsarbeit wird vom abergläubischen Schiffsvolk mit der Vorstellung von Tod und Sargbrettern verknüpft. Unter den Fahrensleuten gab es das geflügelte Wort: „Wenn er klopft, dann bleibt er – wenn er hobelt, dann geht er."

Die rügensche Sage von Ruthwer und dem Klabautermann zeigt demgegenüber: Selbst bei noch so großen Verfehlungen der Hauptgestalt sind sie und ihr Schiff sicher, solange der Klabautermann an Bord weilt. Ergreift er indes die Flucht oder wird, wie in diesem Falle, mit seiner Kiste ins Wasser geworfen, ist alles aus und der Schipper hat von da an weder auf Glück noch auf Segen zu hoffen.

Gewöhnlich weigert sich der Klabautermann, sein Schiff im Stich zu lassen. Er unternimmt im Gegenteil große Anstrengungen, um es zusammenzuhalten, und macht sich nicht davon, bevor es sinkt oder ausrangiert wird. Verschwindet er, hat es keinen Sinn, eine Fahrt überhaupt fortzusetzen. Sein Abgang vollzieht sich auf vielfältige Weise, ebenso die Art, wie er der Crew zuvor ein Zeichen gibt.

Nur in einer Sage fand sich eine Bemerkung, wonach der Klabautermann das Schiff kurz vor dessen Ankunft im Heimathafen verlässt, um die bevorstehende sichere Rückkehr anzukünden.

Verschiedentlich ermöglicht seine Voraussicht es dem Klabautermann, von einem dem Verderben ausgelieferten Schiff fortzugehen, während es noch im Hafen liegt.

Es überwiegen jene Angaben, die das Verlassen des Schiffes mit dessen unheilvoller Zukunft verbinden. Mehrfach tritt *„der Klabautermann vor einer ausweglosen Situation, an der die Mannschaft schuld ist, vor den Kapitän, nimmt von ihm Abschied und löst sich ganz einfach in Luft auf"*[*1, 2]. Anderenorts fliegt er vor den Augen des Kapitäns oder der todgeweihten Besatzung schlichtweg davon. In einer etwas abgewandelten Version taucht der Klabautermann kurz vor dem Sinken des Schiffes beim Kapitän auf, um Abschied zu nehmen, und schwebt danach hinfort.

Kann der Klabautermann ein Verhängnis nicht mehr aufhalten, tut er das kund, indem er den höchsten Mast erklettert und ins Wasser springt. Nach anderen Aussagen stürzt er sich mit großem Getöse von einem hohen Punkt des Schiffes in die Fluten.

In Estland kennt man viele Versionen zur Abkehr des Klabautermanns, von denen hier nur auf deren markanteste Elemente eingegangen wird. Es heißt, dass der Schiffsgeist vor seinem Weggang allemal einen Wink gebe: So tauche er hoch auf dem Mast mit einem spöttischen Lachen auf oder springe ins Wasser. Und sieht man ihn im Hafen an Land gehen, wisse ein jeder: Das Schiff wird untergehen.

---

* Vgl. die Anmerkungen am Ende dieses Kapitels ab Seite 12.

Anderswo ist zu lesen, angesichts einer unabwendbaren Katastrophe entfliehe er im Hafen in Gegenwart der Besatzung. Von einem fluchbeladenen Fahrzeug entferne er sich weinend oder setze sich in einem kleinen Boot ab. Darüber hinaus wurde Folgendes überliefert: Trägt der Klabautermann ein Bündel unterm Arm, ist das Schiff verloren, die Mannschaft jedoch wird gerettet. Sieht man ihn dagegen mit leeren Händen, dann *„kommen auch die Menschen zusammen mit dem Schiff um"*[3].

Die nachstehenden Mitteilungen variieren in einzelnen Darstellungen:

Sucht der Klabautermann das Weite, schließen sich ihm seine Gefährten, die Ratten, an. In einer estnischen Sage geleitet er sie sogar vom Segler hinunter, ehe er zerschellt. Oder noch anders: Der Klabautermann gehe wie die Ratten von Bord, vorher setze er sich aufs Steuer und zerbreche es.

Die Gründe zum Verlassen des Schiffes sind, wie zuvor aufgezeigt, **unterschiedlicher Natur.** BUSS betont in diesem Zusammenhang besonders die sensible Wesensart des Klabautermanns, namentlich dessen Gerechtigkeitssinn[4]. Wird beispielsweise die Existenz des Schiffsgeistes geleugnet, entschwindet er. Oder schreiben Kapitän und Besatzung sich das Verdienst an der sicheren Reise etwa allein zu, verlässt der Klabautermann sie im Hafen.

Wird an Bord ein Verbrechen begangen oder hält sich dort ein Frevler auf, entfernt sich der gute Schiffsgeist ebenfalls.

Schließlich begibt er sich auch fort, wenn man ihn sehr kränkt. Das konnte beispielsweise geschehen, sobald ihm neue Kleidung und Schuhe bereitgelegt wurden. Wie bereits an anderer Stelle erwähnt, kam er sich dadurch „ausgelöhnt" vor und trollte sich.

Eine Ausnahme bildet die mecklenburgische Sage von den drei Klabautermännern. Jene zwei, die das Schiff verlassen mussten, taten es erst, nachdem der Kapitän ihnen die verlangten roten Jacken ausgehändigt hatte.

Ungünstig war es stets, wenn durch bestimmte Umstände gleich mehrere Klabautermänner an Bord gerieten. Da stets nur einer bleiben darf, ist der Abgang für die übrigen unumgänglich. Die Auswahl trifft häufig der Kapitän, natürlich immer in Erwägung des zu erwartenden Nutzens.

Die Seemänner aus der Zeit des 14. bis zum Anfang des 20. Jahrhunderts fürchteten nichts mehr als das Verschwinden des Klabautermanns. Denn ohne ihn war das tragische Schicksal des Schiffes besiegelt; es musste untergehen. Wenn ein Schiff untergegangen und die Besatzung ertrunken war, traten die Gonger auf. *„Der Gonger war eine Geistererscheinung des ertrunkenen Seemannes, der sich, von Wasser triefend, an der Schlafstatt seiner nahen Verwandten zeigte und nach seinem Verschwinden eine Wasserpfütze auf der Diele hinterließ. Einem Gonger durfte man nicht die Hand reichen, weil sie dann schwarz wurde und abfiel. Ein Sylter Schiffer, dem der ertrunkene Vater als Gonger erschien, begrüßte diesen deshalb mit einem Stück Holz statt mit der Hand. Der Glaube an Gonger war übrigens so lebhaft, dass sich noch heute alte Leute an diese Erscheinung erinnern, ja sie selbst noch erlebt haben wollen"*[5].

In einer einzelnen Sage bewacht der Klabautermann selbst das Wrack seines Schiffes. Von einem altersschwachen, nicht mehr seetüchtigen Segler zieht er sich allerdings zurück. Dieser Sachverhalt trägt nach BUSS *„einen rationalen Unterton und* *ist wahrscheinlich auch eine Warnung an die Seeleute, von alten Schiffen wegzubleiben"*[6].

Hat er seinem Gefährt einmal den Rücken gekehrt, taucht er in der Regel nicht wieder auf.

BUSS hat versucht, einen *„weiterführenden Lebenszyklus und Aktivitäten des Schiffsgeistes, nachdem er das Schiff verlassen hat"*, zu belegen[7]. Diesen Versuch müssen wir als gescheitert werten, zumal er selbst einräumt, *„dass es nicht einmal den entferntesten Hinweis in der gesamten Tradition gibt, der sein Wiedererscheinen betrachtet"*[8].

Ansatzweise findet sich zwar eine Fortsetzung des eigentlichen Klabautermann-Daseins, aber bei LOORITS wechselt er von einem Schiff auf ein anderes, wenn ihn jemand ärgert[9] – was keinen weiterführenden Lebensrhythmus darstellt. Und bei PHILIPPSEN geht er auf der Suche nach einem passenden Schiff von Haus zu Haus[10] – was ebenfalls keine grundlegend neue Lebensform ist, denn wir haben aufgezeigt, dass der Klabautermann sich mitunter durchaus an Land begibt, wo er im Haus des Kapitäns oder Reeders verweilt.

Generell lässt sich feststellen, dass spätestens mit seiner Abkehr vom Schiff alle Sagen vom Klabautermann enden[11].

Anmerkungen

[1] Wiese; S. 33, ist eine Literaturangabe.
Die einzelne Quellenangabe bietet den Hinweis auf den Verfasser und die angegebene(n) Seite(n).
Dabei gibt der Name den Autor im alphabetisch geordneten Literaturverzeichnis an.
Wenn wir nicht Bezug auf das ganze Werk nehmen, ist dies durch konkrete Seitenzahlen vermerkt.
Ist ein Autor mit mehreren Titeln vertreten, so werden diese durch die Angabe der Erscheinungsjahre eindeutig gekennzeichnet.
Im vorliegenden Bändchen wird dort, wo nicht explizite auf einen Verfasser abgestellt wird und es sich um relativ allgemeine, mehrfach belegte Aussagen handelt, keine gesonderte Quellenangabe vorgenommen.

[2] vgl. auch Kohl; S. 287–288

[3] Loorits; S. 82

[4] Buss

[5] Quedens; S. 56

[6] Buss; S. 69

[7] Buss; S. 69

[8] Buss; S. 69

[9] Loorits

[10] Philippsen

[11] In die Literaturverzeichnisse unserer zehn Bändchen fanden nur solche Titel Eingang, die als Beleg für einen konkreten Sachverhalt oder eine Feststellung, als Zeugnis eines bestimmten Ereignisses oder als Sagenquelle fungieren. Hier möchten wir abschließend einem lange gehegten Gedanken folgen und über die von uns benutzte Hintergrundliteratur informieren.

Nachfolgend sind 137 Sagen- und Sachbücher aufgeführt (im Bereich der belletristischen Literatur wollen wir es bewusst bei den im sechsten Bändchen aufgeführten Titeln belassen):

Baltzer, R., und Klaus **Prigge**: Knurrhahn. Seemannslieder und Shanties, wie sie auf deutschen Segelschiffen gesungen wurden. Erster Band. Verlag A. C. Ehlers. Kiel 1943. 103 Seiten.
Keine ISBN

Becker, Heinrich: Schiffervolkskunde. Grundlegung der Volkskunde eines nichtbäuerlichen Standes. In: Volk. Grundriß der deutschen Volkskunde in Einzeldarstellungen. Ergänzungsreihe Bd. 3. Max Niemeyer Verlag. Halle/Saale 1937. 156 Seiten.
Keine ISBN

Benedix, Roderich (Hrsg.): Taschenbuch deutscher Sagen für 1844. Verlag von Edmund Klönne. Wesel – Leipzig 1844. 250 Seiten.
Keine ISBN

Benkert, J. A.: Fluss- und Meeressagen. Gesammelt von J. A. Benkert. Neu erzählt von Inge Dreecken. Keysersche Verlagsbuchhandlung. Heidelberg – München 1961. 248 Seiten.
Keine ISBN

Biedermann, Hans: Mysteriöse Fabeltiere und geisterhafte Wesen. Vom Ungeheuer im Loch Ness bis zum Schneemenschen. Weltbild Verlag. Augsburg 1992. 160 Seiten.
ISBN 3-89350-512-1.

Biesalski, Kurt: Die raubeinigen Zwerge von Mecklenburg. Hinstorff Verlag. Rostock 1999. 192 Seiten.
ISBN 978-3-35-606008-09-8

Berndt, Helmut: Unterwegs zu deutschen Sagen. Ein phantastisches Reise- und Lesebuch. Econ Verlag. Düsseldorf – Wien 1985. 560 Seiten.
ISBN 3-404-60313-3

Blum, Georg: Strand und See. Sagen. Märchen und Erzählungen aus dem See- und Fischerleben. Hamburg 1856. Ackermann und Wulff. 154 Seiten.
Keine ISBN

Böckel, Otto: Die deutsche Volkssage. Übersichtlich dargestellt von Otto Böckel. Verlag Teubner. Leipzig 1909. 162 + 4 Seiten.
Keine ISBN

Bracker, Jörgen (Hrsg.): Beiträge zur deutschen Volks- und Altertumskunde. Nr. 17. 1978. Verlag Hamburger Museumsverein. Hamburg 1978. 185 Seiten.
ISBN 0408-8220

Buchwald, Christine: Sagen und Märchen von der Waterkant. Zur Unterhaltung und Erinnerung gesammelt, bearbeitet und hrsg. von Christine Buchwald. Lizenzausgabe für den Cormoran Verlag vom Econ Ullstein List Verlag. München 2000. 208 Seiten.
ISBN 3-517-09067-0

Burde-Schneidewind, Gisela: Historische Volkssagen zwischen Elbe und Niederrhein. Akademie-Verlag. Berlin 1973. 350 Seiten.
Keine ISBN

Burgdorff, Hermann: Niedersächsische Sagen. Verlag Gustav Winters. Bremen (wahrscheinlich) 1919. 174 Seiten.
Keine ISBN

Cerny, Christine: Das Buch der Naturgeister. Von Elfen, Zwergen und anderen Elementarwesen. Goldmann Verlag. München 1997. 320 Seiten.
ISBN 3-442-30699-X

Ciesielski, Andreas: Die versunkene Stadt. Scheunen-Verlag. Kückenshagen 1999. 76 Seiten.
ISBN 3-934301-03-7

Colshorn, Carl, und Theodor **Colshorn**: Märchen und Sagen aus Hannover. Georg Olms Verlag. Hildesheim – New York 1975 (Nachdruck der Ausgabe 1854. Verlag von Carl Rümpler). 258 Seiten.
ISBN 3-487-05613-5

Cordes, Johannes Jacobus, und Ferdinand **Müller**: Heimatbücher. Band I: Sagen. Gesammelt und bearbeitet von J. J. Cordes und F. Müller. Verlag Fritz Brüning. Lehe a. W. 1919. 51 Seiten.
Keine ISBN

Dahne, Gerhard: Kostbarkeiten aus dem deutschen Sagenschatz. Altberliner Verlag. Berlin 1987. 384 Seiten.
ISBN 3-357-00033-4

Deecke, Ernst: Lübische Geschichten und Sagen. Gesammelt von Ernst Deecke. Carl Boldemann's Buchhandlung. Lübeck 1852. 400 Seiten.
Keine ISBN

Dehning, H. J.: Ut School un Minschenlöwen. Schleswig-Holsteinische Verlagsanstalt. Rendsburg 1928. 238 Seiten.
Keine ISBN

Diederichs, Ulf, und Christa **Hinze**: Sagen aus Niedersachsen. Weltbild Verlag. Augsburg 1998. 336 Seiten.
ISBN 3-86047-193-7

Diewerge, H.: Karl Heinrich Henschke, Pommersche Sagengestalten. In: Niederdeutsche Zeitschrift für Volkskunde 14 (1936) 1/2, Seite 245–247.
Keine ISSN

Düsel, Friedrich: Deutsche Volkssagen. Ausgewählt von Friedrich Düsel. Verlag Georg Westermann. Braunschweig 1918. 242 Seiten.
Keine ISBN

Ehrentreich, Alfred (Hrsg.): Volksmärchen aus England. Band I: Angelsächsische Märchen. Ullstein Verlag. Frankfurt/M. – Berlin – Wien 1980. 176 Seiten.
ISBN 3-548-20090-7

Engelmann, Emil: Germanias Sagenborn. Mären und Sagen für das deutsche Haus bearbeitet. Neff Verlag. Stuttgart 1890. 388 Seiten.
Keine ISBN

Federau, Wolfgang: Sagen aus Danzig, Westpreußen und dem Warthegau. Schneider Verlag. Berlin 1941. 44 Seiten.
Keine ISBN

Findeisen, Hans: Sagen, Märchen und Schwänke von der Insel Hiddensee. Aus dem Volksmunde gesammelt sowie mit einer Einleitung und Anmerkungen versehen von Hans Findeisen. Verlag Leon Sauniers Buchhandlung. Stettin 1925. 66 + 4 Seiten.
Keine ISBN

Förderverein des Heimatmuseums der Insel Poel: Sagen von der Insel Poel. Verlag Koch & Raum. Wismar 2002. 110 Seiten.
Keine ISBN

Freytag, Nils: Aberglauben im 19. Jahrhundert: Preußen und seine Rheinprovinz zwischen Tradition und Moderne (1815–1918). Duncker & Humblot. Berlin 2003. 506 Seiten.
ISBN 3-428-10158-8

Galt, Karina: Korabelni Gnom (Der Schiffsgeist). In: Tschelowek bes granizi (Mensch ohne Grenzen) 2 (2009) 39. Moskau. Seiten 38–43.
Keine ISSN

Gath, Goswin Peter: Das Naturgeisterbuch. Gestalten und Sagen. Staufen Verlag. Köln 1941. 300 Seiten.
Keine ISBN

Geissler, Carl Peter: Der Klabautermann. In: Mährchenkranz für gute Kinder. Verlag Schmidt & Spring. Stuttgart 1843. 63 Seiten. Seiten 17–21.
Keine ISBN

Gerling, Reinhold: Mecklenburgs Sagenschatz. Beholtz'sche Buchhandlung. Stavenhagen 1907. 184 Seiten.
Keine ISBN

Gerndt, Helge: Zur Interethik im Spiegel von Sagen – Beispiel Klabautermann. In: Jahrbuch für Volkskunde und Kulturgeschichte (1989) 32. Bd. Neue Folge Band 17. 319 Seiten und 16 Tafeln. Akademie-Verlag. Berlin 1989. Seiten 21–27.
Keine ISSN

Goez, Elsbeth: Der Schuldbegriff in der deutschen Volkssage der Gegenwart. In: Niederdeutsche Zeitschrift für Volkskunde VI (1928), Seiten 222–224, und VII (1929), Seiten 3–16 und Seiten 152–168.
Keine ISSN

Grimm, Die Brüder: Kinder- und Hausmärchen. Gesamtausgabe. Magnus Verlag. Stuttgart – Essen o. J. 520 Seiten.
ISBN 3-88400-152-3

Grimm, Jacob: Deutsche Mythologie. I. Band. Unveränderter photomechanischer Nachdruck der vierten Ausgabe. Besorgt von Elard und Hugo Meyer. Sonderausgabe der Wissenschaftlichen Buchgemeinschaft. Tübingen 1953. 538 Seiten.
Keine ISBN

Grimm, Jacob: Deutsche Mythologie. II. Band. Unveränderter photomechanischer Nachdruck der vierten Ausgabe. Besorgt von Elard und Hugo Meyer. Sonderausgabe der Wissenschaftlichen Buchgemeinschaft. Tübingen 1953. 1044 Seiten.
Keine ISBN

Grimm, Jacob: Deutsche Mythologie. III. Band. Unveränderter photomechanischer Nachdruck der vierten Ausgabe. Besorgt von

Elard und Hugo Meyer. Sonderausgabe der Wissenschaftlichen Buchgemeinschaft. Tübingen 1953. 542 Seiten.
Keine ISBN

Gröhler, Harald: Störtebeker, Pirat und Volksheld: Die Biographie. Bergstadt Verlag. Würzburg 2006. 214 Seiten.
ISBN 9-783-87057277-8

Gutmann, Hermann: Hamburger Sagen ... und andere Merkwürdigkeiten. Edition Temmen. Bremen 2007. 128 Seiten.
ISBN 9-783861-083498

Haak, Ingrid: Sagenbüchlein Mecklenburg-Vorpommern. Thon Verlag. Schwerin 2003. 84 Seiten.
ISBN 3-928820-354

Haas, Alfred: Pommersche Wassersagen. Verlag Karl Moninger. Greifswald 1923. 94 Seiten.
Keine ISBN

Hansen, Christian Peter: Sagen und Erzählungen der Sylter Friesen nebst einer Beschreibung der Insel Sylt als Einleitung und einer Karte der Insel Sylt als Zugabe. H. Lühr und H. Dierks. Garding 1875. 222 + 18 Seiten.
Keine ISBN

Hansen, Jörgen (Hrsg.): Nordschleswigsches Sagenbuch für Schule und Haus. Verlag Westphalen. Flensburg 1931. 128 Seiten.
Keine ISBN

Heims, Paul Gerhard: Kraken/Monster – Seemannsgarn. Legenden und Aberglauben auf See. (Hrsg. und bearbeitet von Michael Kirchschlager.) Verlag Kirchschlager und Festa Verlag. Arnstadt – Leipzig 2006. 256 Seiten.
ISBN 3-86552-055-5

Helbig, Karl (Hrsg.): Von den Tropen bis zur Arktis. Reiseberichte aus zwei Jahrtausenden. Phantastische Meerfahrt. Die schönsten Seefahrersagen aus aller Welt. Franckh'sche Verlagsbuchhandlung. Stuttgart 1951. 188 Seiten.
Keine ISBN

Heller, A.: Der rachsüchtige Schäfer und die Heinzelmännchen. In: Blätter für Pommersche Volkskunde V (1897), Seiten 98–99.
Keine ISSN

Hennig, Richard: Abhandlungen zur Geschichte der Schifffahrt. Verlag von Gustav Fischer. Jena 1928. 171 Seiten.
Keine ISBN

Hennig, Richard: Der moderne Spuk- und Geisterglaube. Eine Kritik und Erklärung der spiritistischen Phänomene. Gutenberg-Verlag Ernst Schultze. Hamburg 1906. 367 Seiten.
Keine ISBN

Hennig, Richard: Phantastische Meerfahrt. Die schönsten Seefahrersagen aus aller Welt. Nach den alten Sagenstoffen zusammengestellt und erläutert von Richard Hennig. Bearbeitet von Karl Helbig. Franck'sche Verlagshandlung. Stuttgart 1951. 186 Seiten.
Keine ISBN

Henniger, Karl, und Johann **von Harten** (Hrsg.): Aus Niedersachsens Märchenschatz. Schöne alte Volksmärchen und Schwänke aus Niedersachsen. Gesammelt und herausgegeben von K. Henniger und J. von Harten. August Lax Verlagsbuchhandlung. Hildesheim und Leipzig 1923. 140 Seiten.
Keine ISBN

Henniger, Karl, und Johann **von Harten** (Hrsg.): Niedersachsens Sagenborn. Eine Sammlung der schönsten Sagen und Schwänke aus dem südlichen Niedersachsen. Ausgewählt und zusammengestellt von Karl Henniger und Johann von Harten. Verlag von August Lax. Hildesheim 1907. 396 Seiten.
Keine ISBN

Hocker, Nikolaus: Deutscher Volksglaube in Sang und Sage. Hrsg. von Nikolaus Hocker. Verlag Dieterichsche Buchhandlung. Göttingen 1853. 238 + 14 Seiten.
Keine ISBN

Höver, Otto: Deutsche Seegeschichte. Rütten & Loening Verlag. Potsdam 1942. 270 Seiten.
Keine ISBN

Hube, Hans-Jürgen (Hrsg.): Altnordische Götter- und Heldensagen. Insel-Verlag. Frankfurt/M. – Leipzig 1996. 398 Seiten.
ISBN 9-783-45833-5597

Iba, Eberhard Michael: Aus der Schatzkammer der Deutschen Märchenstraße. Sagen, Geschichten, Märchen, Erzählungen, Gedichte

und Lieder aus Bremen, Bremerhaven, Verden und Nienburg. Carl Schünemann Verlag. Bremen 1987. 256 Seiten.
ISBN 3-7961-1784-8

Jaedicke, Ernst: Deutsche Sagen. Deutsche Buchgemeinschaft. Berlin (etwa 1928). 270 Seiten.
Keine ISBN

Jahn, Ulrich: Hexenwesen und Zauberei in Pommern. Kommissionsverlag W. Koebner. Breslau 1886. 196 Seiten.
Keine ISBN

Jessel, Hubertus: Sylt im Spiegel der Sage. Christian Wolff Verlag. Flensburg 1969. 52 Seiten.
Keine ISBN

Kärstens, Heinrich: Niedersächsische Sagen. Hermann Schroedel Verlag. Hannover 1951. 72 Seiten.
Keine ISBN

Kahl, Silja: Nis Pik. Leben und Sage. Husum Druck und Verlagsgesellschaft. Husum 2003. 108 Seiten.
ISBN 3-89876-086-3

Kahlo, Gerhard: Niedersächsische Sagen. Teil 1. Provinz Sachsen, Braunschweig und Anhalt. Hrsg. von Gerhard Kahlo. Hermann Eichblatt Verlag. Leipzig 1925. 216 + 16 Seiten.
Keine ISBN

Kern, J. H. O.: In Sturm und Not. Bilder aus allen Meeren und Kämpfe mit Wind und Wellen. Ferdinand Hirt & Sohn. Leipzig 1904. 160 + 16 Seiten.
Keine ISBN

Kluge, Friedrich: Etymologisches Wörterbuch der deutschen Sprache. Bearbeitet von Elmar Seebold. Walter de Gruyter & Co. Berlin 2002. 1023 + 89 Seiten.
ISBN 3-11-017473-1

Kopisch, August: Allerlei Geister. Märchenlieder, Sagen und Schwänke. Verlag Alexander Duncker – Königlicher Hofbuchhändler. Berlin 1848. 224 + 8 Seiten.
Keine ISBN

Krenn, Ruth: Der Sagenschatz. Eine Sammlung alter deutscher Sagen. Auswahl und Bearbeitung von Ruth Krenn. Der Kinderbuchverlag. Berlin 1959. 296 Seiten.
Keine ISBN

Krogmann, Willy: Sylter Sagen. In der ursprünglichen Fassung nach C. P. Hansen u. a. hrsg. von Willy Krogmann. Verlag Otto Schwartz & Co. Göttingen 1966. 666 + 6 Seiten.
Keine ISBN

Kunze, Paul H.: Volk und Seefahrt. Verlag Georg Dollheimer. Leipzig 1939. 384 Seiten.
Keine ISBN

Lehmann, Heinz (Hrsg.): Rügen. Sagen und Geschichten. Edition Temmen. Bremen 1990. 110 Seiten.
ISBN 3-8610-8409-0

Lehrervereinigung für Kunstpflege in Berlin (Hrsg.): Sagen von Strand und See von Gerhard Krügel, M. Lehmann-Filhés, Maria Petersen, Otto Riedrich, Robert Reinick. Ensslin & Laiblins Verlagsbuchhandlung. Reutlingen 1927. 32 Seiten.
Keine ISBN

Leip, Hans: Bordbuch des Satans. Geschichte der Freibeuterei. List Verlag. München 1965. 488 Seiten.
Keine ISBN

Lesebuchausschuss der Gesellschaft der Freunde des vaterländischen Schul- und Erziehungswesens zu Hamburg (Hrsg.): Niederdeutsche Sagen. Georg Westermann. Braunschweig 1959. 40 Seiten.
Keine ISBN

Liebert, Chrystin: Rügen. Neue Sagen und Geschichten. Demmler Verlag. Schwerin 2002. 72 Seiten.
ISBN 3-910150-58-6

Loorits, Oskar: Grundzüge des estnischen Volksglaubens. Bd. I. Carl Bloms Boktryckeri. Lund 1949. 91 Seiten.
Keine ISBN

Loorits, Oskar: Livische Märchen- und Sagenvarianten. Zusammengestellt von Oskar Loorits. In: FF Communications Nr. 64–66. Suomalainen Tiedeakatemia. Helsinki 1926. 101 Seiten.
Keine ISBN

Lornsen, Boy: Gottes Freund und aller Welt Feind. Mit Klaus Störtebeker auf Kaperfahrt. K. Thienemann Verlag. Stuttgart 1980. ISBN 3-522-13200-9

Lübbing, Hermann: Friesische Sagen von Texel bis Sylt. Gesammelt und hrsg. von Hermann Lübbing. E. Diedrichs. Jena 1928. 283 + 12 Seiten.
Keine ISBN

Lyser, Johann Peter Theodor: Fortsetzung von Abendländische Tausend und eine Nacht oder die schönsten Mährchen und Sagen aller europäischen Völker. Zum ersten Male gesammelt und neu bearbeitet von J. P. Lyser.
Mit 30 Bildern nach Originalzeichnungen des Herausgebers. 15 Bde. Neue Folge in vier Bändchen. Drittes Bändchen. Friedrich Wilhelm Goedsche. Meißen 1840. 256 Seiten.
Keine ISBN

Lyser, Johann Peter Theodor: Fortsetzung von Abendländische Tausend und eine Nacht oder die schönsten Mährchen und Sagen aller europäischen Völker. Zum ersten Male gesammelt und neu bearbeitet von J. P. Lyser. Mit 30 Bildern nach Originalzeichnungen des Herausgebers. 15 Bde. Neue Folge in vier Bändchen. Viertes Bändchen. Friedrich Wilhelm Goedsche. Meißen 1840. 208 Seiten.
Keine ISBN

Mayer, Anton, unter Mitarbeit von Eberhard **von Mantey**: 1000 Jahre Seefahrt. Helden, Reisen, Schiffe. Paul Franke Verlag. Berlin 1934. 480 Seiten.
Keine ISBN

Meyers, Fritz: Riesen und Zwerge am Niederrhein. Ihre Spuren in Sage, Märchen, Kunst und Geschichte. Mercator Verlag. Duisburg 1980. 127 Seiten.
ISBN 978-3-874630-83-2

Mogk, Eugen: Germanische Mythologie. G. J. Göschen'sche Verlagsbuchhandlung. Leipzig 1906. 130 Seiten.
Keine ISBN

Muuß, Rudolf: Nordfriesische Sagen. Nordfriesische Rundschau. Niebüll 1932. 158 Seiten.
Keine ISBN

Nordmann, Gertrud: Von den Unnereerdschen, von Zwergen, Nissen und vom Klabautermann. In: Schins-Machleidt, Marie-Thérèse (Hrsg.): Strandgut. Geschichten, Gedichte und andere wahre und erfundene Sachen von der Küste. Rowohlt Taschenbuch Verlag. Reinbek bei Hamburg 1985. 224 Seiten.
ISBN 3-499-20387-1

Nover, Jakob, und Johann Wilhelm Ernst **Wägner:** Unsre Vorzeit. Deutsche Volkssagen – erzählt für Jugend und Volk. Von J. Nover und J. W. E. Wägner. Verlag Otto Spamer. Leipzig 1891. 378 Seiten.
Keine ISBN

Paulsen, Ingwert (Hrsg.): Im grauen Röcklein nickt der Puk. Schleswig-Holsteinische Sagen und Märchen aus der Sammlung von Theodor Mommsen und Theodor Storm. Husum Druck- und Verlagsgesellschaft. Husum 1974. 64 Seiten
ISBN 3-88042-001-7

Perger, Anton: Deutsche Pflanzensagen. Gesammelt und gereiht von A. Ritter von Perger. Verlag von August Schaber. Stuttgart – Oehringen 1864. 363 Seiten.
Keine ISBN

Peuckert, Will-Erich: Bremer Sagen. Bd. 2. In der Reihe Denkmäler deutscher Volksdichtung. 5. Bd. Hrsg. von Will-Erich Peuckert mit einem Nachwort von Rainer Alsheimer. Schwartz. Göttingen 1988. 304 + 14 Seiten.
ISBN 3-509-01491-X

Peuckert, Will-Erich: Niedersächsische Sagen. V. Nach der Textauswahl von Will-Erich Peuckert. Hrsg. von Günter Petschel und Ernst Heinrich Rehermann. In: Denkmäler Deutscher Volksdichtung, begründet von Will-Erich Peuckert. Bd. 6. V. Verlag Otto Schwartz & Co. Göttingen 1993. 593 Seiten.
ISBN 3-509-01479-0

Peuckert, Will-Erich: Ostdeutsches Sagenbüchlein. Flemmings Verlag. Hamburg 1951. 28 Seiten.
Keine ISBN

Pohl, Erich (Hrsg.): Die Volkssagen Ostpreußens. Olms Verlag. Hildesheim – New York 1994. (Nachdruck der Ausgabe: Gräfe und Unzer Verlag. Königsberg 1943.) 300 Seiten.
ISBN 3-487-05717-4

Reissenweber, Arno: Deutsche Volkssagen. Keysersche Verlagsbuchhandlung. Heidelberg – München 1960. 247 Seiten.
Keine ISBN

Richter, Egon: Usedom. Sagen und Geschichten. Neu vorgestellt und erzählt von Egon Richter. Demmler Verlag. Schwerin 2000. 80 Seiten.
ISBN 3-910150-10-1

Richter, Julius Wilhelm Otto: Deutscher Sagenschatz. Eine Auswahl der schönsten deutschen Sagen. II. Bd. Sagenschatz aus dem mittleren Norddeutschland. Eine Auswahl der schönsten Sagen aus der Provinz Hessen-Nassau, Thüringen, dem Harze und seiner Umgebung, Mecklenburg und den Hansestädten Lübeck und Hamburg. Zusammengestellt und bearbeitet von J. W. Otto Richter. Carl Flemming Verlag. Glogau 1900. 272 + 11 Seiten.
Keine ISBN

Ritter, Gustav A.: Deutsche Sagen. Nach Brüder Wilh. u. Jak. Grimm, K. Simrock, G. Schwab, U. Bechstein, W. O. von Horn u. a. Gesammelt und bearbeitet von Gustav A. Ritter. Verlag W. Herlet. Berlin 1904. 676 Seiten.
Keine ISBN

Rochholz, E. L.: Deutscher Glaube und Brauch im Spiegel der heidnischen Vorzeit. Erster Band: Deutscher Unsterblichkeitsglaube. Ferd. Dümmler's Verlagsbuchhandlung. Berlin 1867. 336 Seiten.
Keine ISBN

Rothacker, J. B.: Vermischte deutsche Volkssagen. Gesammelt und hrsg. von J. B. Rothacker. Verlag von C. A. Heerbrandt. Reutlingen 1938. 143 Seiten.
Keine ISBN

Rudolph, Wolfgang: Die Insel der Schiffer. Zeugnisse und Erinnerungen von rügischer Schiffahrt. Von Beginn der Entwicklung bis 1945. Hinstorff Verlag. Rostock 2000. 242 Seiten.
ISBN 3-356-00855-2

Ruhland, Jeanne: Feen, Elfen, Gnome. Das Buch der Naturgeister. Schirner Verlag. Darmstadt 2010. 400 Seiten.
ISBN 3-8976-7697-4

Scharnow, Ulrich u. a.: Lexikon der Seefahrt. Transpress Verlag für Verkehrswesen. Berlin 1984. 639 + 33 Seiten.
Keine ISBN

Schlender, Ida Hedwig: Germanische Mythologie. Zum Selbststudium und zum Gebrauch an höheren Lehranstalten. Verlag Minden. Dresden – Leipzig 1904. 224 Seiten.
Keine ISBN

Schneider, Hermann (Hrsg.): Götzen, Geister, Riesenweiber. Sagen von Rügen und der Ostseeküste. Rhein-Main Stadtplanverlag. Wofsheim 1977. 162 Seiten.
Keine ISBN

Schwab, Gustav: Deutsche Volkssagen. Nach Gustav Schwabs deutschen Volksbüchern für die Jugend bearbeitet von Rudolf Reichardt. Globus Verlag. Berlin um 1905. 255 Seiten.
Keine ISBN

Schwebel, Oskar: Tod und ewiges Leben im Deutschen Volksglauben. J. E. E. Bruns' Verlag. Minden in Westfalen 1887. 388 Seiten.
Keine ISBN

Seifart, Karl (Hrsg.), und Eugen Napoleon **Neureuther** (Hrsg.): Der Wunderborn – eine Sammlung der schönsten Märchen und Sagen aus deutschen Gauen. Stuttgart 1882. Kröner Verlag. 192 Seiten.
Keine ISBN

Seligmann, Siegfried: Der Böse Blick und Verwandtes. Ein Beitrag zur Geschichte des Aberglaubens aller Zeiten und Völker. Zwei Bände in einem Band. Bd. 1.Georg Olms Verlag. Hildesheim – Zürich – New York 1985. (Nachdruck der Ausgabe von Barsdorf. Berlin 1910.) 526 + 88 Seiten.
ISBN 3-487-07665-9

Smidt, Heinrich: Marinebilder: Neue See-Geschichten. Verlag Otto Janke. Berlin 1859. 232 Seiten.
Keine ISBN

Sobik, Carsten: Seeungeheuer und der Umgang mit der Angst: Zu einem Beispiel der Vermittlung maritimen Volksglaubens. Grin Verlag. München – Ravensburg 2009. 56 Seiten.
ISBN 978-3-6402-8716-1

Stölting, Siegfried: Geschichten aus dem Schifffahrtsmuseum. Ditzen Verlag. Bremerhaven 1986. 80 Seiten.
Keine ISBN

Strackerjan, Ludwig: Von Land und Leuten. Bilder und Geschichten aus dem Herzogtum Oldenburg. Schulzesche Hof-Buchhandlung Oldenburg 1881. 169 Seiten.
Keine ISBN

Temming, Rolf L. (Hrsg.): Seemanns-Sagen und Schiffer-Märchen. Gesammelt von Heinrich Smidt. Fischer Taschenbuch Verlag. Frankfurt 1977. 190 Seiten.
ISBN 3-596-21399-0

Trommer, Harry: Das versteinerte Brot und andere alte deutsche Sagen, Fabeln und Märchen. Großer Verlag. Berlin 1952. 196 Seiten.
Keine ISBN

Trommer, Harry: Deutsche Heimatsagen. Bearbeitet und hrsg. von Harry Trommer. Der Kinderbuchverlag. Berlin 1966. 172 Seiten.
Keine ISBN

Uther, Hans-Jörg (Hrsg.): Deutscher Sagenschatz. Zusammengestellt und hrsg. von Hans-Jörg Uther. Heinrich Hugendubel Verlag. Kreuzlingen – München 2000. 352 Seiten.
ISBN 3-8963-1399-1

van Kampen, Jo: Een wonderlijke verjaarpartij. Laurens E. Frankena. Hilversum o. J. 24 Seiten.
Keine ISBN

Völkel, Ulrich: Zwei Riesen im Sund. Sagen von der Insel Rügen. Der Kinderbuchverlag. Berlin 1990. 108 Seiten.
ISBN 3-358-00172-5

von der Leyen, Friedrich: Lesebuch der deutschen Volkssage. Hrsg. von Friedrich von der Leyen in Verbindung mit Valerie Höttges. Junker und Dünnhaupt Verlag. Berlin 1933. 191 Seiten.
Keine ISBN

von Sternberg, Alexander: Schiffer-Sagen. Erstes Bändchen. Gesammelt von A. von Sternberg. Verlag der Cotta'schen Buchhandlung. Stuttgart und Tübingen 1837. 167 Seiten.
Keine ISBN

Votteler, Adalbert: Die dummen Riesen. Sagen und Geschichten von riesigen Kerlen und winzigen Leutchen. Patmos Verlag. Düsseldorf 1990. 152 Seiten.
ISBN 3-491-79417-X

Weineck: Rügensche Sagen. In: Blätter für Pommersche Volkskunde V (1897) Seiten 123–127.
Keine ISSN

Wendt, Herbert, und Ingeborg **Wendt:** Schöne deutsche Sagen. Franz Schneider Verlag. o. J. 260 Seiten.
Keine ISBN

Willnitz, Karl: Elbesagen. Der Elbewellen Lied. Das Hussitengrab im Lilienstein. Deutscher Sagen- und Märchen-Verlag. Berlin 1932. 93 Seiten.
Keine ISBN

Willnitz, Karl: Sagen und Märchen von der Ostsee. Verlag Deutsche Heimat. Berlin 1932. 220 Seiten.
Keine ISBN

Woeller, Waltraud (Hrsg.): Volkssagen zwischen Hiddensee und Wartburg. Zusammengestellt und interpretiert von Waltraud Woeller. Deutscher Verlag der Wissenschaften. Berlin 1979. 246 Seiten.
Keine ISBN

Wohltmann, Hans: Sagen aus dem Lande zwischen Niederelbe und Niederweser. Band 1. Gesammelt und bearbeitet von Hans Wohltmann unter Mitarbeit von A. Gerken und G. Brinke. Verlag J. F. Zeller, Zeven 1979. 198 Seiten.
Keine ISBN

Wossidlo, Friedrich: Mecklenburgische Sagen. Ein Volksbuch. Bd. I, Hinstorff Verlag. Rostock 1939. 246 + 24 Seiten.
Keine ISBN

Würtz, Hans: Schleswig-Holsteinische Sagen. Oestergaard Verlag. Berlin 1926. 294 Seiten.
Keine ISBN

Wunderlich, Werner, und Ulrich **Müller:** Dämonen, Monster, Fabelwesen. UVK-Fachverlag für Wissenschaft und Studium. Indiana 1999. 696 Seiten.
ISBN 3-867-64118-8

Wuttke, Karl Friedrich Adolf: Der deutsche Volksaberglaube der Gegenwart. Dargestellt von Adolf Wuttke. Agentur des Rauhen Hauses. Hamburg 1860. 268 + 9 Seiten.
Keine ISBN

Ohne Verfasser: Deutsche Sagen. 76. Hamburger Leseheft. Hamburger Lesehefte Verlag. Husum 2008. 46 Seiten.
ISBN 3-87291-075-2

Ohne Verfasser: Deutsche Volkssagen. Illustrierte Gesamtausgabe. Magnus Verlag. Stuttgart o. J. 416 Seiten.
ISBN 3-88400-157-4

Ohne Verfasser: Märchen aus Norwegen und Schweden. In: Märchenschatz der Welt. Weltbild Verlag. Augsburg 1994. 160 Seiten.
ISBN 3-89350-611-X

Ohne Verfasser: Meerchen. Märchen vom Meer. Middelhauve Kinderbibliothek. München 1999. 192 Seiten.
ISBN 3-7876-9683-0

Ohne Verfasser: Meyers Großes Konversations-Lexikon. Sechste Auflage. Bibliographisches Institut. Leipzig und Wien 1905. 908 Seiten.
Keine ISBN

Ohne Verfasser: Vinethastadt Barth. Auf der Suche nach dem „Atlantis des Nordens". Barth-Information. O. J. 16 Seiten.
Keine ISBN

Bearbeiteter Auszug aus:
Harmel, Siegfried: Der sagenhafte Klabautermann.
Verlag Books on Demand. Norderstedt 2008. 176 Seiten.
ISBN: 978-3-8370-3086-0

2. Der Klabautermann verlässt das Schiff

Der Klabautermann verlässt das Schiff[*]

In alten Zeiten waren die Schiffskapitäne so gut, dass sie ihrem Schiff solch einen Geist zu verschaffen wussten, den man Pottorman oder Klabautorman nannte.

Auf einem Schiff war einmal ein junger Kapitän, der von dem Pottorman nichts wusste. Er fuhr aufs Meer hinaus, um nach England zu segeln. In der Nordsee hatte der Kapitän so viel gezecht, bis er sich ganz betrunken in der Kajüte schlafen legen musste.

Des Nachts rief und klopfte der Pottorman, man solle herauskommen und die Segel einholen, denn es gebe Sturm. Der Kapitän hörte aber nichts, sondern schlief ruhig weiter. Dem alten Bootsmann jedoch war bekannt, dass dem Schiff ein Pottorman angehörte.

Da rief der Pottorman zum zweiten Mal dem Kapitän zu: „Kommst du heraus oder nicht? Sturm naht – die Segel müssen herunter!" Der Kapitän bequemte sich nach oben und fragte den Steuermann, was das für Faxen seien und wer sie treibe. Der Steuermann antwortete, es sei der Pottorman, der Schiffsgeist. Der Kapitän erwiderte: „Dummheiten! Lasst uns nur segeln, der Wind ist gut und das Wetter schön." Er selbst ging zurück in die Kajüte schlafen und spottete noch abfällig:

---

[*] *Nach:* **Loorits**, Oskar: Der norddeutsche Klabautermann im Ostbaltikum. Gelehrte Estnische Gesellschaft. Tartu 1931. In: Sitzungsberichte der Gelehrten Estnischen Gesellschaft 1929. Seiten 76–125. Seite 86.

„Was weiß schon der Pottorman!" Dieser jedoch schlich in die Kajüte, gab dem Kapitän dermaßen eins aufs Ohr, so dass er von der Koje herunterfiel, und befahl: „Geh auf Deck! Gleich kommt Sturm, der Großmast wird brechen und nach drei Tagen wird das Schiff untergehen."

Der Kapitän begab sich endlich an Deck – es war auch wirklich ein fürchterlicher Sturm losgebrochen und der Großmast bereits über Bord gefallen.

Nach zwei Tagen trieb das Schiff gegen Morgen des dritten Tages in die Nähe der norwegischen Felsen. Alle standen oben an Deck und sahen, wie dem Frachtraum ein Mann in blauen Hosen entstieg, mit einem schwarzen Hut auf dem Kopf, unterm Arm ein kleines weißes Bündel. Er rief: „Jetzt könnt ihr Dummköpfe untergehen, ich werde mich retten!" Er ging längs des Klüverbaumes, sprang ins Meer auf einen Stein und schrie „Hurra!".

Sogleich brauste eine gewaltige Welle heran, die das Schiff gegen einen Felsen schmetterte, wobei es zerschellte. Nur der Steuermann und der Koch blieben am Leben, alle anderen versanken zusammen mit dem Wrack.

Die beiden Überlebenden haben diese Geschichte in Riga erzählt. Jenes Schiff stammte nämlich von dort und hieß „Fliegender Fisch".

Der Klabautermann warnt[*]

Der Kapitän des Seglers „Fortuna" erzählte, dass er, bevor sein Schiff einmal durch einen starken Sturm auf dem Meer umgeworfen wurde, einige Minuten vor dem Unglück einen aus dem Kettenkasten vor dem Ankerspill steigenden kleinen Mann gesehen habe. Der hatte graue Kleider an und führte am Gürtel ein breites russisches Beil mit sich. Ferner erkannte der Erzähler einen langen, bis zum Bauch herabhängenden grauen Bart und einen Südwester auf dem Kopf des Mannes.

Dieses Männlein kam zu dem Kapitän aufs Achterdeck, sah ihm ernst in die Augen und sprang über Bord.

Daraufhin befahl der Kapitän alle Mann an Deck, und als sich das Schiff beim Kentern umgekehrt hatte, erklomm die gesamte Besatzung den nunmehr aus dem Wasser emporragenden Schiffsboden und klammerte sich daran fest. Von dort konnte ein anderer Segler die Männer retten.

---

[*] *Nach:* **Loorits**, Oskar: Der norddeutsche Klabautermann im Ostbaltikum. Gelehrte Estnische Gesellschaft. Tartu 1931. In: Sitzungsberichte der Gelehrten Estnischen Gesellschaft 1929. Seiten 76–125. Seite 110.

Der Klabautermann wird vergrellt*

Der Klabautermann lässt sich nicht gern zum Narren halten.

Einmal legten ihm Matrosen, die sich durch sein Poltern gestört fühlten, ein Röckchen und Mädchenschuhe hin. Da war er so vergrellt, dass er das Schiff sofort verließ …

Der Klabautermann springt kopfüber von Bord**

Einst legte ein Schiff von Warnemünde ab. Als es gerade ein Stück draußen auf See war, briste der Wind heftig auf und wurde zunehmend stürmischer.

Der in den Hafen zurückfahrende Lotse hatte zuvor einen Mann mehr an Bord des Seglers gesehen als dort hingehörte. Der sprang plötzlich kopfüber über Bord. Da dachte der Lotse bei sich: Das Schiff ist verloren und kommt nicht wieder. Und so geschah es auch.

---

*   *Nach:* **Gutmann**, Herrmann: Sagen und Geschichten aus Bremen. Edition Temmen. Bremen 2001. 128 Seiten. Seite 98.
** *Nach:* **Wossidlo**, Richard: Reise, Quartier in Gottesnaam. Das Seemannsleben auf den alten Segelschiffen im Munde alter Fahrensleute. Bd. II. Carl Hinstorff Verlag. Rostock1951. 317 Seiten. Seite 283.

3. Literaturverzeichnis

Buss, Reinhard Johannes: The Klabautermann of the Northern Seas. An Analysis of the Protective Spirit of Ships und Sailors in the Context of Popular Belief, Christian Legend, and Indo-European Mythology. In: University of California Publications. Folklore Studies: 25. University of California Press. Berkeley and Los Angeles 1973. 138 + 10 Seiten.

Gutmann, Herrmann: Sagen und Geschichten aus Bremen. Edition Temmen. Bremen 2001. 128 Seiten.

Harmel, Siegfried: Der sagenhafte Klabautermann. Verlag Books on Demand. Norderstedt 2008. 176 Seiten.

Harmel, Siegfried (Hrsg.): Klabautermann – Sagen und Gedichte. Einband und Illustrationen von Cornelia Harmel. Verlag Books on Demand. Norderstedt 2009. 132 Seiten.

Harmel, Siegfried (Hrsg.): Klabautermann – Sagen und Gemälde. Verlag Books on Demand. Norderstedt 2010. 108 Seiten.

Harmel, Siegfried (Hrsg.): Sagen vom Klabautermann. Einband und Illustrationen von Cornelia Harmel. Hinstorff Verlag. Rostock 2008. 120 Seiten.

Kohl, Johann Georg: Die Marschen und Inseln der Herzogthümer Schleswig und Holstein. Nebst vergleichenden Bemerkungen über die Küstenländer, die zwischen Belgien und Jütland liegen. Zweiter Band. Arnoldische Buchhandlung. Dresden – Leipzig 1846. 398 Seiten.

Loorits, Oskar: Der norddeutsche Klabautermann im Ostbaltikum. Gelehrte Estnische Gesellschaft 1929. In: Sitzungsberichte der Gelehrten Estnischen Gesellschaft. Tartu 1931. Seiten 76–125.

Philippsen, Heinrich: Sagen und Sagenhaftes der Insel Föhr. Gesammelt von H. Philippsen. Verlag H. Lühr & Dirks. Garding 1911. 80 Seiten.

Quedens, Georg: Sylt erzählt. Sagen, Geschichten, Anekdoten. Verlag Hansen & Hansen. Münsterdorf 1972. 80 Seiten.

Wiese, Eigel: Meeresungeheuer, Geisterschiffe und der Klabautermann. Aberglaube und seltsame Begebenheiten auf den Meeren. Historika Photoverlag. Hamburg 1995. 96 Seiten.

Wossidlo, Richard: Reise, Quartier in Gottesnaam. Das Seemannsleben auf den alten Segelschiffen im Munde alter Fahrensleute. Bd. II. Carl Hinstorff Verlag. Rostock1951. 317 Seiten.

Nachwort zur Reihe Kulturhistorische Betrachtungen des Klabautermanns

Dank

Ich danke an erster Stelle meiner Tochter Cornelia Harmel, die von 2008 bis 2012 an allen meinen Buchprojekten zur Klabautermann-Tradition mitgewirkt und 16 unvergleichliche Klabautermann-Bilder in verschiedenen künstlerischen Genres geschaffen hat.

Mein tief empfundener Dank richtet sich an den „Klabautermann-Club für Deutschland", unter dessen Protektorat die Forschungen standen, und insbesondere an die Mitglieder seines Präsidiums **Ludwig Klube** (Stralsund/verantwortlich für seemännisches Spezialwissen) und **Michael Schneiders** (Frankfurt a. M./zuständig für Kommunikation).

Ohne die konstruktive Zusammenarbeit mit den nachfolgend genannten Verlagen und vielen ihrer Mitarbeiter wäre die Verbreitung und Bewahrung des ethnologisch wertvollen Erbes vom Klabautermann für nachfolgende Generationen nicht möglich gewesen. Dafür danke ich insbesondere:

- dem **Hinstorff Verlag Rostock** und seiner Leiterin des Buchverlages, Frau Eva Maria Buchholz
- dem **Verlag Books on Demand (BoD) Norderstedt**, speziell der Abteilung Layout & Lektorat um Frau Dr. Bremer und

- dem **Krone-Verlag Lünen in Westfalen,** insbesondere dem mir und meinen Anliegen stets freundschaftlich gewogenen Inhaber, Herrn Hans-Dieter Krone.

Ich danke unseren Übersetzern aus dem
- Amerikanischen (Julia Schäfer aus Pünderich/Mosel)
- Französischen (Jan-Yves Duriez aus BullayMosel)
- Niederländischen (Paul Stevens aus Zell/Mosel)
- Norwegischen (Brigitte Rengstorf aus Fossum-Fyresdal/Norwegen) und
- Russischen (Karina Klimenko aus Tscheljabinsk/Russland).

Durch ihre Arbeit konnten ethnologisch bedeutsamen Texten exakte Aussagen entnommen werden.

Aktuelle Positionen zur Reihe

Ich freue mich, dass es in den letzten fünf Jahren gelungen ist, alle Bestandteile der Klabautermann-Sage ausführlich in der Reihe „**Kulturhistorische Betrachtungen des Klabautermanns**" darzulegen.

Gegenüber dem 2008 ebenfalls im Verlag Books on Demand erschienenen ethnologischen Kompaktwerk „Der sagenhafte Klabautermann" konnten viele Sachverhalte ausführlicher aufbereitet, der Facettenreichtum erweitert und einige Verwandte des kleinen Schiffsgeistes intensiver beschrieben werden.

Alle derzeit bekannten 70 Sagen vom Klabautermann sind in den zehn Bändchen entsprechend ihrer von mir vorgenommenen

Systematisierung in den inhaltlich definierten Gruppen enthalten – auch wenn der Fokus eindeutig auf der „Klabautermann-Sage an sich" lag.

Anstatt einer allgemeinen Zusammenfassung der Reihe „Kulturhistorische Betrachtungen des Klabautermanns" habe ich mich entschieden, nachfolgend noch einmal die spezifischen Präsentationstexte des Verlags Books on Demand für jedes der zehn Bändchen aufzunehmen.

Präsentationstexte der zehn Bändchen

Erstes Bändchen

Der Klabautermann als die wohl schillerndste Sagenfigur aus der Zeit der Segelschifffahrt entsprang dem seemännischen Aberglauben. Sein vom 13. bis zum 20. Jahrhundert währendes, meist hilfreiches Wirken hat Spuren hinterlassen. Diesen wird in den zehn Bändchen der Reihe „Kulturhistorische Betrachtungen des Klabautermanns" detailliert nachgegangen.

Noch heute erzählt man sich an den Küsten der Anrainerstaaten von Nord- und Ostsee gern Sagen von dem Schutzpatron der Seefahrer. Den Reigen der vom Autor systematisierten und meist nur subtil dem heutigen Sprachgebrauch angepassten insgesamt 70 Sagen eröffnen in diesem ersten Bändchen zehn „Beschreibende Klabautermann-Sagen".

Der von Siegfried Harmel 2005 in Stralsund gegründete „Klabautermann-Club für Deutschland" (www.klabautermann-club.de) hat sich der Bewahrung des ethnologisch wertvollen

Erbes des kleinen Schiffsgeistes verschrieben. Möge dieses Büchlein seinen Beitrag dazu leisten!

Zweites Bändchen
Die sprachliche Herkunft des Namens „Klabautermann" war lange umstritten – und ist noch immer nicht eindeutig geklärt. Meist leitete man ihn aus der Bezeichnung Kalfatermann ab. Dieser verstopfte (kalfaterte) mit Pech und Werg auf Segelschiffen undichte und schwer zugängliche Stellen. Ebenso gut kann der Name aber auch von klütern (in geschickter Weise geschäftig sein), klautern (klettern) oder klabautern (klabastern = niederdeutsch für poltern bzw. polternd umherziehen oder anklopfen) abgeleitet werden. Der ältere holländische kaboutermann kann wegen der Internationalität der damaligen Schiffsbesatzungen ebenfalls zur Bildung des neuen Namens beigetragen haben.

Anfangs sprach man mehr vom „Klabautermännchen". Heute ist jedoch die Bezeichnung „Klabautermann" gängig. Häufig werden aber auch Synonyme wie „sagenhafter Schiffskobold", „sagenhafter Schiffskobold der norddeutschen Matrosen" und „sagenhafter Schiffsgeist" verwendet oder man bezeichnet den Klabautermann als die „bekannteste seemännische Spukgestalt", als den „sagenhaften Schutzpatron der Seefahrer und ihrer Schiffe", als „Patron der Seeleute" und als „Schutzpatron sowohl des Schiffes als auch der Seeleute".

Der Klabautermann-Aberglaube verbreitete sich zuerst im Nordseeraum bzw. in Norddeutschland. Im Weiteren drang er in die Anrainerstaaten der Ostsee ein, nicht ohne dort auf bereits vorhandene Geistertraditionen mit den Schiffsgeistern „Skibsnisse" und „Troll" in Dänemark und Norwegen, „Skeppsra" in Schweden und „Laivanhaltia" in Finnland zu treffen. Dadurch erfolgte auch eine deutliche Vermischung mit Geisterüberlieferungen in den drei hauptsächlichen Verbreitungsgebieten des Klabautermannstoffes. Insbesondere diese frühen Schiffsgeister des nicht-deutschen Sprachraumes prägen die Klabautermann-Figur mit.

Drittes Bändchen
Im Verlauf der Geschichte haben sich in Norddeutschland und anderen Anrainerländern von Nord- und Ostsee zahlreiche Sagengestalten etabliert. In den Küstenregionen waren es insbesondere Meeresgeister und andere sagenhafte Figuren des Meeres.

Der uns überlieferte Sagenschatz vom Klabautermann wurde in Häfen und isolierten Inselgemeinden gefunden, denn das Klabautermännchen – wie der Klabautermann früher meist genannt wurde – ist nie auf Flüssen anzutreffen. Das Meer ist seine Heimat.

Noch Ende des vorigen Jahrhunderts war der Glaube an diesen kleinen Schiffsgeist bei den Seeleuten sehr verbreitet. Mit dem Niedergang der „romantischen" Segelschifffahrt verlor sich jedoch seine Bedeutung.

Im Bereich der mythischen Sagen gibt es eine Gruppe von Wesen, welche der Begriff „Das Kleine Volk" treffend kennzeichnet. Zu diesen gehören auch das Klabautermännchen und die Zwerge.

Zwerge haben meist einen dicken Kopf, kurze Beine und einen watschelnden Gang. Wie alle ihre Verwandten des Kleinen

Volkes nehmen sie es jedem übel, der seinen Spaß mit ihnen treibt.

Die Zwerge der Frühzeit waren erdverbunden und besaßen übernatürliche Fähigkeiten. Dagegen besaßen die Zwerge späterer Zeiten keinen Kontakt zu den Göttern mehr. Diese entwickelten aber relativ enge Beziehungen zu dem sich ausbreitenden Menschengeschlecht. Insbesondere halfen sie auf Bauernhöfen – deshalb spielen alle drei von uns für dieses Büchlein ausgewählten Sagen von Zwergen im bäuerlichen Milieu.

Kobolde (Hausgeister) tauchen ebenfalls in den mythischen Sagen auf. Die Kobolde bildeten im Altertum in etlichen Kulturen eine Seitenlinie der Götter. Sie waren dem Menschen meist freundlich gesinnte Wesen. Oft fungierten sie als heimliche Beschützer des Hauses.

Als Hausgeist ähnelte der Kobold den anderen Zwergen, Wald- und Feldgeistern häufig in der Größe, im Aussehen und in der Kleidung. Er blieb wie sie meist unsichtbar und brachte Glück ins Haus.

Der Klabautermann beschützt statt des Hauses ein Schiff. Alle Eigenschaften und Verhaltensweisen seines Vetters, des Hauskobolds, treffen gleichermaßen für ihn zu. „Was der Kobold fürs Haus, das ist der Klabautermann fürs Schiff."

Viertes Bändchen
1821 übermittelte uns Theodor Friedrich Maximilian Richter die erste Kunde vom Klabautermann. In seinen „Reisen zu Wasser und zu Lande" berichtet er von einer 1806 unternommenen

Schiffsreise, während der Matrosen vom Kalfatermännchen erzählten.

Vielfach hielt sich unter Seeleuten die Ansicht, alle Begebenheiten mit dem Schiffspatron wären ein unergründliches Mysterium und es sei deshalb nicht ratsam, davon zu sprechen. Daraus erklärt sich auch die jahrhundelange Scheu, den Klabautermann zu malen. Trotzdem haben zur Verbreitung der Klabautermann-Sage neben den Literaten auch viele Künstler beigetragen. So entstanden neben dem ersten Bild von ihm – einem Steindruck von Johann Peter Theodor LYSER aus dem Jahre 1838 – im 19. Jahrhundert noch mindestens drei weitere und im 20. Jahrhundert mindestens sechzehn verschiedene bildliche Darstellungen seiner Person. Darüber hinaus wurde dem Klabautermann 1913 ein Denkmal gesetzt. Man findet dieses heute vor dem Deutschen Schiffahrtsmuseum in Bremerhaven.

In der heutigen, mehr sachlich-rationalen Zeit und Denkweise ist kein Platz mehr für einen übernatürlichen Beschützer der Schiffe und Seeleute. Die Kunde von seiner Hilfe und von seinen Neckereien aber ist geblieben. Das ist ein volkskundliches Verdienst vieler Sagensammler und Autoren aus dem Küstensaum von Nord- und Ostsee. Wir würdigen sie in diesem Bändchen mittels einer „Zeittafel bedeutender Überlieferungen vom Klabautermann".

Den ersten tragfähigen Ansatz zu einer Systematisierung der einzelnen Klabautermann-Sagen legte Helge GERNDT vor. Nach dessen Weiterentwicklung konnten wir alle bis heute bekannten 70 Einzelsagen in einer Klassifikation erfassen. Erstmals erhielt jede einzelne Sage durch eine unverwechselbare Signatur ihren festen Platz im System der Einzelsagen vom Klabautermann.

Fünftes Bändchen
Der Wunsch vieler Seeleute nach einem Beschützer ist so alt wie die Seefahrt selbst. Er bildet die psychologische Grundlage für die Klabautermann-Sage.

Schon lange Zeit vor dem Klabautermann vertrauten sie auf übersinnliche Schutzpatrone. Unter den Seefahrern der nördlichen Meere bildeten Götter und christliche Heilige sowie allerlei mystische Vorstellungen den Hintergrund für die neu entstehende Klabautermann-Tradition.

Schon vor drei Jahrtausenden fungierten Götter der Antike als Heilsbringer der Seeleute. In der frühen indoeuropäischen Mythologie waren das die Gotteszwillinge. Vor Beginn des 5. Jahrhunderts vor Christi übernahmen die Römer von den Griechen die Vergötterung der Dioskuren Kastor und Pollux. Diese tauchten in Zeiten der Seenot auf, verließen die Schiffe aber dann wieder.

Später traten christliche Heilige an die Stelle der alten Gottheiten. Im 4. Jahrhundert nach Christi wurde der heilige Sankt Castor von Koblenz als Beschützer der Männer auf See verehrt. Größere Bedeutung als Vorläufer des Klabautermanns gewann jedoch Sankt Phokas von Sinope. Dieser vertritt einen älteren, dem nordischen Klabautermann urverwandten Dämon. Daneben war Sankt Nikolaus einer der bekanntesten Schutzpatrone aller rechtschaffenen Seeleute. Zahlreiche Nikolai-Kirchen in Hafenstädten belegen das Wirken dieses Schutzheiligen.

All diese Vorstellungen der Seeleute klangen im Laufe der Jahrhunderte ab, so dass sich die Tradition eines neuen übersinnlichen Beschützers, eben des Klabautermanns, überhaupt erst herausbilden konnte.

In engen Zusammenhang mit ihm werden häufig mehr oder weniger bekannte maritime Gestalten gestellt, die teils in Wirklichkeit existierten, wie Klaus Störtebeker. Der Klabautermann ist das Pendant zum Fliegenden Holländer. Im Unterschied zu ihm hat jedoch auch der ruchlose holländische Kapitän einen realistischen Hintergrund.

Sechstes Bändchen

Totenglaube und Baumkult sind im deutschen Volksglauben fest verankert und müssen folglich zwingend in die Überlegungen zur sagenhaften Herkunft des Klabautermanns einfließen. Seine Erschaffung hängt entscheidend davon ab, wie er aufs Schiff kam. Etliche Sagen geben Auskunft darüber, auf welchem Wege die Seele von Toten in Verbindung mit Holz zum Geist wird und in das Schiff gelangt. Mehrfach überliefert ist, dass der Klabautermann erst in das Schiff einzieht, nachdem es von der Mannschaft in Besitz genommen wurde. Das geschieht auf vielfältige Art, immer aber in geheimnisvoller Verknüpfung mit Schiffbauholz.

Logisch erscheint die Feststellung, dass nicht jedes Schiff einen Klabautermann besaß, denn nicht auf jedes Schiff geriet eine Menschenseele, die zum Schiffsgeist werden konnte. Umso ärgerlicher ist es da, wenn infolge zweier verschiedener Hölzer zwei Klabautermänner an Bord gelangten. Landeten zufällig zwei Klabautermänner auf einem Schiff, dann wetteiferten sie stets um dessen „Besitz".

Die häufigsten Aufenthaltsorte des Klabautermanns sind der Laderaum und der Platz unter der Ankerwinde. Am liebsten scheint er jedoch im Zwischendeck beim Zimmermann zu sein. Zu seinen ungewöhnlichen Aufenthaltsorten gehören das Haus des Reeders oder Kapitäns, ja sogar der Pferdestall eines Bauern.

Von jeher inspirierte der sagenumwobene Klabautermann zahlreiche Schriftsteller zur dichterischen Neubearbeitung seiner Person. In der angelsächsischen und französischen Literatur spielte er seit Ende des 18. Jahrhunderts, in der deutschen seit 1821 eine bedeutende Rolle.

Die großen deutschen Dichter HEINE, GERSTÄCKER, STORM und FONTANE verbreiten die Kunde von dem kleinen Schiffsgeist und seinem sagenumwobenen Wirken – und eine Vielzahl Autoren benutzte den inzwischen bedeutsam gewordenen kleinen Schiffsgeist als Zugpferd für ihre Werke. Dabei spielt er in den meisten davon nur eine Nebenrolle.

Das vorliegende sechste Bändchen ist das einzige dieser Reihe, in welchem wir auf die belletristische Klabautermann-Literatur eingehen. Dabei stellen wir fest, dass aus der dichterischen Freiheit eine Fülle interessanter Eigenschaften und Verhaltensweisen des sagenhaften Schiffskobolds resultiert. Die Erlebnisse des Klabautermanns spielen sich in den Werken der sechzehn von uns ausgewählten Schriftsteller in den Bereichen Schule, Unsichtbarkeit, Zusammentreffen mit Menschen und in sonstigen Bereichen ab.

Siebentes Bändchen

Der Klabautermann ist in der Regel unsichtbar. Nur in Ausnahmefällen gibt er seine Tarnung kurzzeitig auf. Das geschieht in Augenblicken der Gefahr. Wird er gesichtet, liegt auf dem Schiff etwas im Argen, denn der Schiffsgeist erscheint nie ohne Grund.

Erblicken die Seeleute ihn bei Nacht auf Masten, Segeln oder Rahen, befürchten sie zu Recht ein schreckliches Ende.

Der Patron der Seeleute tritt zumeist in Menschengestalt in Aktion, und zwar fast ausschließlich als Mann. Er ist von geringem Wuchs und misst kaum zwei Fuß. Dabei trägt er meist greisenhafte Züge, wird größtenteils auch als kleiner alter Mann beschrieben.

Der Klabautermann hat eine gedrungene, kräftige Figur. Trotzdem soll er quirlig und ungeheuer gelenkig sein. Im Gegensatz zum Körper sind seine Hände fein und zierlich. Auch verfügt er nur über ein dünnes feines Stimmchen.

Nach den meisten Überlieferungen ist der Schiffskobold beinahe durchsichtig. Gelegentlich wird erzählt, er sei ganz schwarz oder sähe wie schwärzlicher Dunst und Nebel aus.

Der Spukgeist hat einen großen roten Kopf bzw. ein feuerrotes Gesicht und rote Pausbacken.

Allenthalben heißt es, er besitze gutmütige helle Augen, seegrüne Zähne und sein Kopfhaar sei schneeweiß. Wie aus verschiedenen Beschreibungen hervorgeht, umrahmt ein weißer, grauer oder roter Bart das Gesicht.

Aus vielen Sagen erfährt man, dass der Klabautermann Matrosen- oder Seemannskluft trägt. Er soll aber auch im roten Anzug samt roter Mütze erschienen sein. Seine Garderobe ist vielfach nicht in bestem Zustand und zeigt oft Blößen. Verschiedentlich wird dem Kleinen nachgesagt, er laufe in zerlöcherten Sachen herum.

Es heißt, er führe als Zubehör stets einen hölzernen Kalfaterhammer mit sich. Ebenso gehöre allzeit eine Tabakspfeife und manchmal eine Seemannskiste zu seiner Ausrüstung.

Achtes Bändchen

Der Klabautermann, die international bekannteste seemännische Sagen- und Spukgestalt, war jahrhundertelang ein ständiger Begleiter der Fahrensmänner. Man glaubte an ihn als guten Geist eines Schiffes, der bei drohendem Verhängnis für Schiff und Besatzung helfend eingriff. Es bestand die Meinung, solange er zugegen sei, sei alles in Ordnung, denn ein Schiff mit Klabautermann könne niemals sinken.

Zu den natürlichen und sozialen Merkmalen des sagenhaften Schiffsgeistes zählen seine Äußerungen, Bewegungen, Gewohnheiten, sein Wissen und lauterer Sinn, ebenso wie seine Sensibilität, seine Launen, seine schelmische Art und sein bisweilen sogar boshafter Charakter.

Er äußert sich in der Sprache der Menschen mit sanfter oder jammernder Stimme. Ist jedoch die Sicherheit des Schiffes gefährdet, ruft er laut Befehle und Warnungen. Höhnisches Gelächter, als Geringschätzung einer Tat der Menschen, deutet eine ganz andersartige Facette seines Charakters an.

Dem Klabautermann stehen vielfältige Bewegungsarten zur Verfügung. Er geht zu Fuß, klettert auf Masten und Rahen, balanciert auf Tauen, springt kopfüber ins Wasser und fliegt sogar vom Schiff weg.

Zu seinen Gewohnheiten gehört, dass er gern gut isst, am liebsten am Tisch des Kapitäns. Auch Rum und Wein soll er nicht abgeneigt gewesen sein. Vielfach wird beschrieben, wie der Patron der Seeleute seine Pfeife raucht.

Dem Klabautermann wird ausnahmslos hohes maritimes Wissen attestiert. Er verfügt über ein ausgeprägtes Gespür für Rechtschaffenheit und Ordnung. Er waltet in den volkskundlichen Quellen vornehmlich als wohltätiges Wesen, zeichnet sich jedoch daneben durch eine sensible und launische Art aus. Hierin unterscheidet er sich nicht von anderen Sagengestalten seines Verbreitungsgebiets. Auch foppt er gern die Seeleute seines Schiffes und spielt ihnen kecke Streiche. Er ist manchmal ein rechter Schalk, der die Crew belästigt. Zu seinen Scherzen und Schelmereien zählt, dass er im Ruderhaus das Licht löscht, den Schiffshund traktiert oder seekranke Passagiere nachäfft. Der Schiffsgeist selbst ist jedoch schnell aufgebracht und mag nicht zum Narren gehalten werden. Wer seinen Stolz verletzt, den verprügelt er, stellt ihm ein Bein oder hängt ihn in die Rahen.

Der Spukgeist hat absonderlich anmutende Kameraden: die Ratten. Er gewährt ihnen Schutz und sie dürfen seine Leckerbissen ungestraft verzehren. Verlässt er den Segler, gehen die Ratten mit. Sprichwörtlich verlassen ja die Ratten als Erste das sinkende Schiff.

Neuntes Bändchen
Der Klabautermann, allenthalben als übernatürlicher Schutzpatron der Seeleute anerkannt, behütet das Schiff vor Feuer, verhindert sein Stranden und andere Heimsuchungen. Auf jedes Leck gibt er Acht bzw. repariert es bei Nacht. Er hält losgerissene Planken, den verfaulten Mast oder das Ruder während der Reise fest. Dem Grundtenor der Sagen zufolge war er stets um die Seetüchtigkeit des Schiffes bemüht. Deshalb führte er viele Arbeiten selbst aus, was schon beim Schiffbau begann. Der Sage nach inspiziert der Schiffspatron regelmäßig sämtliche Winkel und Masten oder dichtet schwer zugängliche Lecks ab. Er kontrolliert das Tauwerk und hält es in Ordnung,

flickt durchlöcherte Segel, bindet zerrissene Taue zusammen oder ersetzt sie.

Für die Fahrensleute vergangener Jahrhunderte war die Existenz des Klabautermanns unumstritten. Sie sagten, sobald das Schiff bei hoher See knarrte und ächzte: „Der Klabautermann arbeitet und staut die Ladung nach."

Sowohl Reinhard Johannes BUSS als auch Helge GERNDT geben Auskunft über einen historischen Wandel im Wesen des Klabautermanns. Ersterer stellt heraus, der Geist sei in allen frühen Berichten bis zur Mitte des 19. Jahrhunderts als eine wohltätige Kreatur mit einer potenziell schrecklichen Seite aufgefasst worden. GERNDT betont, dass man in früheren Jahrhunderten mehr vom „guten" Klabautermann sprach, während er im 20. Jahrhundert mitunter die Furcht einflößenden Züge eines Unglücksbringers annahm.

Wenn der Schiffskobold die Seeleute vor Sturm und Katastrophen warnt, klettert er am Mast empor oder setzt sich auf den Klüverbaum, jammert, stöhnt, schreit oder klopft. Manchmal ruft er den Kapitän und weist die Richtung, die das gefährdete Schiff zu seiner Rettung einschlagen muss. Bei stürmischem Wetter steht er hoch oben in der Takelage und sorgt dafür, dass die richtigen Maßnahmen ergriffen werden. Oder er erteilt in schwerer See das Kommando zum Einholen der Segel. Hinterher stellt sich dann heraus, dass weder Kapitän noch Steuermann diesen Befehl gegeben hatten. Stets aber war seine Befolgung zum Wohle aller gewesen.

Neben seiner Funktion als vorausschauender Warner wird der Klabautermann auch als ahndender Geist geschildert. Faule Seeleute maßregelt er mit unsichtbaren Backenstreichen oder zwickt sie. Wenn er besonders arg ergrimmt ist, wirft er Feuerholz, Spieren und Ausrüstungsgegenstände durch die Gegend, hämmert gegen die Schiffswände, zerstört allerlei Gerätschaft, behindert die Arbeit der Seeleute und schubst sie.

Zehntes Bändchen
Gewöhnlich weigert sich der Klabautermann, sein Schiff im Stich zu lassen. Er unternimmt im Gegenteil große Anstrengungen, um es zusammenzuhalten, und macht sich nicht davon, bevor es sinkt oder ausrangiert wird.

Die Seemänner aus der Zeit des 14. bis zum Anfang des 20. Jahrhunderts fürchteten nichts mehr als das Verschwinden ihres Schiffsgeistes. Trägt er dabei ein Bündel unterm Arm, ist das Schiff verloren, die Mannschaft jedoch wird gerettet. Sieht man ihn dagegen mit leeren Händen, dann sind auch die Seefahrer nicht zu retten.

Hat er seinem Gefährt einmal den Rücken gekehrt, taucht er nicht wieder auf. Es gibt keinen weiteren Lebenszyklus und keinerlei Aktivitäten des Klabautermanns, nachdem er das Schiff verlassen hat. Deshalb enden spätestens mit seiner Abkehr vom Schiff alle Sagen vom Klabautermann.

In diesem letzten Bändchen wird ein scheinbares Versäumnis nachgeholt. Wir haben uns immer bemüht, die Anzahl der Titel im Literaturverzeichnis jedes Bändchens möglichst knapp zu halten, was bei der Fülle der benutzten Quellen nicht immer erfolgreich war. Nunmehr informiert das zehnte Bändchen planmäßig alle Interessierten über die von uns benutzte Hintergrundliteratur.

Das Nachwort zur Reihe „Kulturhistorische Betrachtungen des Klabautermanns" enthält den Dank ihres Autors an seine

Tochter, die Klabautermann-Malerin Cornelia Harmel, den „Klabautermann-Club für Deutschland", unter dessen Protektorat die Forschungen standen, die Partner in den Verlagen seiner Bücher zur Klabautermann-Tradition sowie die Übersetzer von Texten aus fünf Sprachen.

In den aktuellen Positionen zur Reihe wird betont, dass es von 2011 bis 2015 gelungen ist, die Bestandteile der Klabautermann-Sage ausführlicher als in allen bisherigen Arbeiten des Autors darzulegen. Als spezifische Zusammenfassung der Reihe dienen die Präsentationstexte des Verlages Books on Demand für jedes der zehn Bändchen.

Nunmehr heißt es Abschiednehmen von unseren treuen Lesern. Vielen Dank für Ihr Interesse an der Klabautermann-Tradition!

Wie geht es weiter?

Verschiedene Gesprächspartner haben in der letzten Zeit angemerkt, dass nunmehr das Thema wohl relativ erschöpft sei.

Ungeachtet der Fortführung verschiedener regionaler Arbeiten durch Mitglieder des „Klabautermann-Clubs für Deutschland" sind auch wir dieser Auffassung.

Vom Klabautermann verabschieden wir uns jedoch nicht, denn auch im Weiteren werden wir ein klein wenig klabautern …

Über den Autor

Siegfried Harmel wurde 1945 in Stralsund geboren. Nach dem Abitur, einer Lehre als Schiffsschlosser und dem Lehramtsstudium war er in der sportwissenschaftlichen Forschung und Lehrerausbildung tätig.

Aus dieser ersten von 1974 bis 1986 reichenden Schaffensperiode resultieren insgesamt 89 <u>Veröffentlichungen zu pädagogischen und sportwissenschaftlichen Themen</u>, (von denen hier nur einige der Buchpublikationen aufgeführt werden):

Leitung des Kinder- und Jugendsports in der DDR. *Pädagogische Hochschule, Potsdam 1974* (Mitarbeit im Autorenkollektiv)

Studentensport – Lehrmaterial zur Ausbildung an Instituten für Lehrerbildung.
Pädagogische Hochschule, Potsdam 1975 (Mitarbeit in der Redaktion und Autor des 1. Kapitels)

Zur Methodik des Sportunterrichts in den unteren Klassen – Lehrmaterial zur Ausbildung an Instituten für Lehrerbildung – Sport. *Pädagogische Hochschule, Potsdam 1977* (Mitarbeit in der Redaktion und Autor des 2. Kapitels)

Rechtsdokumente für den Schulsport – Eine Auswahlsammlung mit Anwendungsbeispielen und Sachregister. *Pädagogische Hochschule, Potsdam 1977* (Mitarbeit in der Redaktion und Autor des 2. Kapitels)

Beiträge zur Methodik des Sportunterrichts. *Kongress- und Werbedruck, Oberlungwitz 1980* (Mitarbeit in der Redaktion und im Autorenkollektiv)

Beiträge zum Studentensport an Instituten für Lehrerbildung. *Kongress- und Werbedruck, Oberlungwitz 1981 (zusammen mit Karl-Heinz Adelberger und Fritz Weinhold)*

Typische Situationen des Sportunterrichts – Lehrmaterial zur Sportwissenschaft. *Ministerium für Volksbildung, Berlin 1982 (zusammen mit Dieter Meinig)*

Lehrerausbildung Sport Klassen 1 – 4. *Sportverlag, Berlin 1983* (Mitarbeit in der Redaktion und im Autorenkollektiv)

Sport und Recht – Handbuch für den Sportpädagogen. *Sportverlag, Berlin 1986 (zusammen mit Norbert Heise und Siegfried Melchert)*

Der selbständige Unternehmer und freiberufliche Autor lebt seit 1989 an der Mosel. Dort startete er 2008 seine zweite Schaffensperiode als Buchautor.

Im Bereich der Biologie publizierte er:

Das total andere Buch über Küchenkräuter. *Krone-Verlag, Lünen/Westfalen 2009 und*

Das etwas andere Buch über Küchenkräuter. *Krone-Verlag, Lünen/Westfalen 2011.*

Der von Siegfried Harmel 2005 in Stralsund gegründete „Klabautermann-Club für Deutschland" (www.klabautermann-club.de) will die volkskundlich wertvollen Überlieferungen um den ambivalenten Schiffsgeist bewahren.
So entstanden im Bereich der Ethnologie die Bücher:

Sagen vom Klabautermann.
Hinstorff Verlag, Rostock 2008.

Der sagenhafte Klabautermann.
Verlag Books on Demand, Norderstedt 2008.

Klabautermann – Sagen und Gedichte.
Verlag Books on Demand, Norderstedt 2009.

Klabautermann – Sagen und Gemälde.
Verlag Books on Demand, Norderstedt 2010

sowie die Reihe unseres Verlages
KULTURHISTORISCHE BETRACHTUNGEN DES KLABAUTERMANNS
mit den Einzeltiteln:

Erstes Bändchen:
Grundlegendes zur Figur des Klabautermanns sowie die „beschreibenden Klabautermann-Sagen" mit Gesamtvorwort zur Reihe *(2011).*

Zweites Bändchen:
Die sprachliche Herkunft des Namens „Klabautermann"

sowie die Erzählsagen der Gruppe „Der Klabautermann als Vorzeichen" *(2011)*.

Drittes Bändchen:
Einordnung der Klabautermann-Figur in die Reihe der Sagengestalten sowie die Erzählsagen der Gruppe „Der Klabautermann enthüllt Fehler" mit einem Exkurs „Sagen von Zwergen" *(2012)*.

Viertes Bändchen:
Die Verbreitung der Klabautermann-Sage an sich, das System der einzelnen Sagen vom Klabautermann sowie die Erzählsagen der Gruppe „Der Klabautermann hilft" *(2012)*.

Fünftes Bändchen:
Vorläufer und Herkunft des Klabautermanns, Klabautermann und Fliegender Holländer sowie die Erzählsagen der Gruppe „Der Klabautermann straft" *(2013)*.

Sechstes Bändchen:
Die „Entstehung" eines Klabautermanns, sein Eindringen ins Schiff und seine häufigsten Aufenthaltsorte sowie die Erzählsagen der Gruppe „Dem Klabautermann wird zugeschrieben" mit einem Exkurs in die belletristische Klabautermann-Literatur *(2013)*.

Siebentes Bändchen:
Das äußere Erscheinungsbild des Klabautermanns sowie die Dialogsagen der Gruppe „Szene zwischen einem Klabautermann und einem Menschen" *(2014)*.

Achtes Bändchen:
Das Naturell des Klabautermanns sowie die Dialogsagen der Gruppe „Szene zwischen zwei bis drei Klabautermännern und einem oder mehreren Menschen" *(2014)*.

Neuntes Bändchen:
Aktivitäten des Klabautermanns sowie die Dialogsagen der Gruppe „Szene zwischen zwei Klabautermännern" mit einem Exkurs „Klabautermärchen" *(2015)*

und dem hier vorliegenden **zehnten und letzten Bändchen:**

Zehntes Bändchen:
Das Verlassen des Schiffes durch den Klabautermann sowie die Erzählsagen der Gruppe „Der Klabautermann verlässt das Schiff" mit dem Nachwort zur Reihe **Kulturhistorische Betrachtungen des Klabautermanns** *(2015)*.